詩集　坩堝は突然やってくる

山本美重子

詩集　坩堝は突然やってくる　目次

カバー作品　米倉 直子

詩集

坩堝は突然やってくる

波紋

窓ガラス越しに見ていると　驟雨の音が水面で撥ねかえっている　日常を忘れるために窓辺で雨の日を過ごす読書の習慣を今は失ってしまったけれど　横倒しになった花々の栄光を返す術はあるのかと　むかし読んだ詩の一節を思い出し疑ってみる　つぎつぎに起こっては消えていく波紋をよそに　一滴の雨垂れが桔梗の花びらから零れ落ちた　夏の日のいつもと違う雨の日　夏草が生い茂り雨だれが土に残す痕跡　雨が作る波紋はいつまでこの庭を賑わせるだろう　今は開くことのない本の中で桔梗の花は　残れる力を胸にと咲き乱れているだろうか

アスファルトの水溜まりを前に　雨傘を差して立ち止まったまま動けない　水面に雨が作る波紋に波風も立た

ない起きては忘れ去られていく事柄　テレビ画面で今日も流れていく映像に　小石をひとつ投げ込んでも　水溜まりに広がる波紋は水底の澱みから　砂粒ひとつ飛び散らせることも留めおくこともできない　この限られた水面に現れた　郷愁と呼べる小川のある風景　きのうテレビで見たワンシーン　山里を静かに包んでいた雨音は音もなく土に帰っていくのだろう　擬音とも呼べる音をたて　雨は降り続き立ち止まった足を濡らしていく

広がっていく波紋を眺めながら　閉じていく波紋の作り方はと問うてみる　春の陽を浴びて小川の水底を　大きくなって悠然と泳ぐ水澄の影　水面では波紋とは呼べない水のざわめき　木漏日が漏れる川の流れに逆らってその黒い陰を　ここかしこと留めていく水澄　その動きの中心を僅かに外して影と陰が寄り添っている　水面を揺らせながらかげろうが作る波紋　水底には光の輪が鮮やかに浮かびあがり　過去へと連らなり閉じていく陰　郷愁へと思い出のなか岸辺に立つ少女の後姿

消えていく思い出もあれば　まだ見ぬ思い出も確かにある　原風景と呼べる森閑とした湖に　時折投げ込まれては広がっていく波紋　投げ込むべき思いを抱えてやって来た女が　手にしていたものはひとつの言葉　その意味の重さで女の掌から滑りおち　女の記憶から零れて沈んでいく想い　投げ込まれた小さな丸い思い出は　湖面に映る木々を越え湖岸の森のなかへ　静かな湖面に投げ込まれた石は女から漏れる言葉を　跳ねかえし連鎖して記憶のなかの湖面に　この世の外までもと刻んでいく大きな波紋　湖岸に佇む小さくなった女を残して

投げ込まれた石の形によって　その瞬間に文様が生まれ広がっていく　その輪のなかの思念はどこで留まってどこから拡散していくのだろう　その波間のなかに縛りつけられたある思いが　新たに投石された波紋によって消されていく　次々と現れる波紋は嫉妬深い　新たにすり替えられ波紋の先端まで持ちつづける余韻　背景と呼べるまで真実から遠く偏在していく渦　ちぎれちぎれになった雲を映した湖面を　単一の模様だけを残して嫉妬

心が遠ざかる　そよそよと波紋を揺るがす風は　どうしようもなく意識のなかに波風をたてる

蚊取り線香の渦巻きを見ていると　いつかの日に等間隔で生まれては消えていく　バケツの中に偶然できた渦を思い出す　渦の中心が一瞬反転して見え　波がブラックホールに飲み込まれていく　電化製品に囲まれた台所の片隅で　電磁波でたやすく作られる高速でうねる波紋人為的な物から遠い湖に浮かぶボートから　透明なビー玉を湖面に投げいれて　あの時と同じ渦巻きを作ってみたら　ボートはビー玉の軌跡を追ってどこまで落ちていくのだろう　湖面に逆さまに生えた木々　青くそして白い空さえも湖底に飲み込まれていくのだろう　目の前のバケツは青い底をもて余しているというのに

空間の不思議

僕がこの空間に興味を持ったのは　見あげるとそこに空がなかったこと　画一的な顔で愛想笑いもできない二つの彫像が　ビルの壁面から顔を出している　僕と彼女か彼が共有しているこの空間に感じる違和感　風は共通の言葉のように吹いている　でもここは建物の一部ではあっても屋外だ　ここで僕はいつもの場所に座り君たちに視線を預ける　見たいものだけを見てきた君たちは目の端に僕の姿を感じながら　少しずつ視線を外して見てはいけないと　強引に三角形になる視線の関係を作ってしまう　正三角形で牽制を始めた三つの点は　いつも定点であるはずなのに僕の感情の起伏で　二等辺三角形になったり直角三角形になったり　曖昧な境目をいつか越えて　直線上にナカグロの点を一つ置くだけの関係になった途端に　この屋根を持った空間が崩れ落ち始め

僕は空を感じながら君たちとの距離を計っている　この直線の始まりの位置で君たちと向き合っているのか　ナカグロの点の上で君たちに話しかけているのか　帰結点で待っていて三角形の崩壊を告げるために　君たちが見下ろしているビルの高みを見上げると　そこには相変わらず巨大な屋根が空を遮っている　何事も起こりえない都会の片隅で　心地よい空間を感じながらも　暖かさを排除したベンチに座り　見えない青空を感じながら僕はいつまでも　期待外れの三角形の崩壊の図式を　空間の不思議をここで待ち続ける

ある日の僕の脳　I

ある時鉄骨でできたドームのような映像が　これは何とささやく声といっしょに　僕の頭のなかに密かに住みついた　きっと軽く頭を傾げて見あげると　からっぽの空が光っているに違いない　ある日僕は雨あがり薄暮のなか　投光機に照らされた鉄塔を見て　僕の脳はドームの型をした鉄パイプでできている　あの映像なんだと確信した　僕の脳には子供たちが蹴る　ボールの音だけが耳に響いている　パイプの規則正しい並び方が　僕の脳細胞の単純さを示している　ドームが僕の脳だとしたら鉄塔が僕の体　いつのまにか僕を人として成り立たせている　目の前に組み立てられ放置された　ところどころ鉄パイプで補強している様子も見える櫓　空間だらけの僕の姿をゴールと勘違いして　子供たちが蹴ったボールが僕の足元へと転がってくる　僕は一瞬のうちに計算して

ボールのありかを　鉄骨の衝撃音で子供たちに教えてみせる　子供たちは僕の四角い櫓の下に足を踏みいれ　見上げると複雑怪奇で鋭角に切りとられた　三角形の重なる思考回路だけの僕の脳を見て　一目散に逃げていってしまった　組み方とは真逆で単純な僕の脳に　白と黒で色分けされたボールを残して

ある日の僕の脳　Ⅱ

猜疑心はにこやかにやってきて　切子ガラスのような僕
の脳に罅をいれた　この切子ガラスの丸い器は祖母が
使っていたときには　真っ赤な色で輝いていた　僕の灰
皿になったときから　脳味噌の色に変わってしまった
毎日コツコツと灰を落としていると　幾何学模様の切れ
目から　ある日疑問符がひとつ現れた　右と言いながら
左へ合図を送り　前と言いながら後ろへと　謎の記号が
堆く積みあがり　もう何本目の疑問か分からなくなった
とき　祖母が遠くへ目をやりながら　僕の脳に残した痕
跡と重なり　よりどころがない僕の脳に　新たに鋭角な
傷が刻まれた　どこからが猜疑心か分からないまま　器
の傷をなぞっていくと　昔はそうであったであろう
真っ赤な真実につきあたる　罅割れから覗き見する祖母
の時代の日常　僕の時代からするとあり得ない　そうで

あったのかと驚くことがら　祖母が切子ガラスを手にいれたときから　鋭い切り口に溜まっていった猜疑心　どんなに色が変色しても　祖母が笑いながらお前にやるよと手渡してくれた器の重さに加えて　堆く溜まっていった時という名の灰　僕の脳は進化しているのかと　疑う心が灰皿のなかで積もっていく

ある日の僕の脳　Ⅲ

ある日僕の脳がロボットの動作を　真似ていることに気づいた　彼が腕を振り頭を傾げ　やがて遅れて言葉がやってくる　僕の脳に現れた現象がそれだった　言葉が揺れながらある一点で止まってしまう　膠着状態なのに動いて別の場所から現れ　予期しないところで優しい言葉を思い出したりする　何時のころからか使わなくなった非現実の事柄　少しだけ超現実を受け入れるには　ロボットの脳の明晰な回路が必要だ　ロボットの動きが僕に近づいて　体が滑らかに動くことができるようになり僕より人間らしい思いを語り始める　僕は通過儀礼として何故と問いかけ　目を丸くしながらどうしてと呟く彼に　僕は何と言い訳をして　自分の思考の在り方を理解させるのだろう　いつのまにか弱気になった僕に　彼は少しだけ無駄な動きをして　現実は目の前の僕より先に

進んでいますよ呼びかけ　何が起こっても不思議ではないと　語り始めることからもう僕の脳に　自我のない物語を植えつけていく　いつのまにか彼の回路に組み込まれた僕の脳は　自発的に思考の停止を受け入れる　そんな日がやがて来ると　彼のピカッと光る目を見ながら僕の脳はクルクルと動きだす

ピクトグラム

新しいピクトグラムの考案者によると　この記号はすぐには普及しないでしょう　なにしろ禁止事項が多すぎる記号ですから　街のいたる所に貼り付けても　効果は怪しいもので　人目を引くデザインは行人の眼には　眩しい一条の光の輪にしか見えない　若い女は意味も考えず記号を直ぐに覚えて　記号の可能性についてその赤い唇が　同じ動きで繰りかえし同調していく　今日また禁止事項がひとつ追加された　この記号の意味を追求してはいけないと　首を傾げてみせる中年の女たちは　意味も考えずに唇から矢継ぎばやに　記号の意図から踏みだすことのない言葉で会話を始め　認識度調査の結果を高めていく　今日すべての禁止事項をピクトグラムの横に貼り紙にして　年老いた女たちに注意を呼びかけた　女たちはこれぐらいのこと知ってますよと　見向きもせずに

通りすぎていく　ある日ひとりの女が貼紙のうえに　疑問符を書きこんでしまった　意味のない記号だらけの街角の風景のなか　悪戯とは言え一つだけある意味を持つピクトグラム　ハテナが現れて懐疑の連鎖が始まり　考案者の不安をよそに負の認識へと踏み出してしまった
今日女たちはピクトグラムの前で　古い固定観念に満ちていると憤慨する　明日女たちはこの記号に向かって行動を起こすかも知れない　考案者は新たな記号を生みだした　今度はなんの制約もない一過性の記号　一瞥して分かるように透明なクリアファイルに　ある重要な意味を隠して中身をさらけだしてみせた　無意味に無理解が重なり独り歩きしていくピクトグラム　街角で眺めている女たちのために描いたものが　透明であることが謎だと疑い始め　誰の眼にも留まっていくピクトグラム　考案者はこの記号は直ぐに消えていくはずの記号だと　混沌と定着していくピクトグラムの行方を嘆いてみせる

マルチバース

ビジョンはいつも現れるとはかぎらない　砂漠の乾いた西空に巣くう　ふたつの太陽の前で蹲る人　炎の揺らぎのなかで絶えず変化する赤く染まったビジョン　現れなかった理由を尋ねても　未来の危うさに存在理由を加味して　幸福の顔さえ選ぶことができない今　夢は美味しかったとは言えないと　言葉遊びを口にするのは憚られると首を傾ける　ビジョンと名付けられた像が　とある街の公園に突然現れた　有限の柵で囲まれたこの空間を満たそうと　夜空に見える星の数だけ物語を　その硬質な円柱に描きだして見せ　残してきた夢を追いかける人をあざ笑うビジョン　女の置き去りにした過去のある時点を　映しだした映像ビジョンには　悪意を剥き出しにした女が映っている　どこまで逆上れば今の自分を揶揄している　自分を閉じ込めることができるのだろう　女

の尽きることのない選択の瞬間に立ちあうビジョン　世界は平坦で果てがあると信じていた時代には　可能な限り地の果を映しだそうとしたビジョン　今薄暗い女の部屋のカーテンの襞に隠れて　認識できる最後の事象とばかりに　太陽の赤い色を獲得して欠けていく月　最後の瞬間に仄かに残った紅い弧に　あるべき姿で存在理由を明かしてと　女が窓から覗いた瞬間に闇の中に消えるビジョン　女は現れなかったビジョンを探している　ビジョンが映しだした幾かの世界　覗きこむには多すぎる襞をたたんだカーテン　月明かりを遮り女の今と重なり揺れ動くレースの布　朝太陽が登ることのない西に向かう窓のカーテンを　女はいつものように開け　ビジョンが登場するであろうテレビの画像に見いる

白昼夢

都市空間に人工的に作られた白夜に群がるアルルカン
アルビノが現れた夜には安死術がなされる　あなたも私
も笑顔で旅立とうと　高速バス乗場はどこも行列ができ
ている　満員になったバスから出発します　私語は控え
めにと金切り声で女がアナウンスする　闇の中を走るバ
スの中では　夢は見ないより見たほうがいいと　闇に浮
かぶ窓ガラスに息を吹きかけ　現実をすこし曖昧な世界
にする　眼を閉じても真の闇は訪れない　ときどき反覚
醒の意識のまま店の前に並んで　できたての草団子の味
は覚えているようで　闇の中で手を延ばす　そうだこの
バスは極楽寺巡りのツアーだったと　夜の切通しの坂道
を登っては　飛び散り広がっていく光の軌跡　もう欲し
いものは何もないはずなのに　白塗りの添乗員が口元に
笑みをためて　神々の深き欲望はなどと囁きかける　目

的地の極楽寺にはこれらの神々はいない　どんなところにも俗なる神仏が現れては　ひとつの決まり文句で誤魔化してしまう　行先を変更する書類はもう配付済ですよと　横に動いただけの唇が　あくまでもお告げのように曖昧に告げる　もう坂を登りつめたはずなのに山門にはまだ到着しない　連想ゲームの始まりとキャラの香りがしてきた　菩提樹の小さな花も闇に浮かんでは消える短編ばかりの人生訓がバスの中を行き来する　だれかの頭のなかに現れた白昼夢が　隣の人との無言の会話になって　もう酸素も希薄な高さまで登りつめたのだろう妄想の世界に入ってしまった　スルメの香ばしい匂いがしてきた　どこまでもついてくる生理作用との戦い　群生のひとつの形として選ばれたこの命　野辺に咲く花のひとつになるにはと　暮色のなか終点に近づいていくこの道を　車窓に映る見覚えのない顔が　もう幾度通っているのと疑っている　次のバス旅行の行先は決まったもうナイトツアーはお終いにしよう

ムナシ

僕のなかにムナシが生きていた頃　その世界に迷い込んでしまった僕の口は　何を語ればいいのだろうと　いつも虚しいと呟いていた　たとえば視野が幅をきかせていた頃　前だけを見ていた僕の前に　ムナシが現れて目の外側の視野を奪い去った　そこに住むカコという生き物が　ちらちらと姿を見せはじめると　ムナシは寄り添うように　暗闇のなかで蠢きカコを曖昧に弄び　一つだけ鮮明に浮かび上がらせた僕の後ろ姿に　寂しいと形容詞をつけて　皮肉にも微かに笑を浮かべた顔を　こんなに鮮やかにコピーできますよと　いろいろな瞬間に張りめぐらせた　その瞬間ごとに僕の口は虚しいと叫び　目を閉じてはムナシの存在を感じていた

僕のなかからムナシが消え去ることの　意味を思いなが

ら　僕の目はいつまで閉じたままでいるのだろう　水面張力の向こうこぼれ落ちそうで　触れることができない世界　未来という時空の片隅に　身を潜めたムナシは時々現れ　僕の顔面に何を刻んでいるのだろう　仮定法でしか語ることができない時間もやがては流れ　虚の存在を確認できずに　空の世界に入り込んで　波紋が広がっていく水面のどこかに　映りこんでいる僕の顔に刻みつけた　実体のないムナシの姿　ちょっと水面を覗いて見ませんかと囁く声がする　聞こえてくるのは僕のココロの奥深く　虚しいと呟く喉の奥から　ムナシがいると思いこませる僕自身の声

ムナシの姿を探して僕のココロは　本来あるべき場所をなくした形で　今を剥がすように現れる何物かに　儚い今を過ごしていると打ちあける　ムナシが居つづけかき消されていく想い　無想であれ無心であれ　言葉としては成立するムナシの姿

異次元で蠢く者たち

異次元の世界は何処にでもある　たとえば暗がりのスクリーンに現れた　蛙の顔をした異国の言葉　蛙の合唱よろしく五線譜の上を　口を大きく開けたり眼を輝かせたり　時には手を顔の横に近づけて踊ったり　私には理解不能な宇宙的な記号　何度も繰り返し見ていると　同じ顔がここあそこに楽しげに並んでいる　視覚を通りすぎていく読めない文字　今日的な文字の約束は守っていますと　何かを理解させようとスクリーン上を流れていく　見慣れない衝撃を緩和するために　音さえも雨蛙の色をしている　どこか草原に迷いこみ自ら最適な空間を探し　風の囁きのように文字が流れていく

この閉ざされた空間で出会ってしまったあなた　その触手が触れているものは　私の表皮に隠した今という頼り

ない空虚　閉鎖された空間は好奇心の隠れ家　空虚を埋める一言を発する唇が動きだすまえに　伝わっていくこまでが私の許容範囲　この浮かんでいる箱は何処に行くのだろう　上昇と下降の重なりから偶然を装い　やって来たのは私の預かり知らないあなた　私から引き出せる情報は無駄に明るいコンニチハと　優しさをはき違えた笑顔の冷めた眼　そして私の触手が延びていくのは思いどおりにならない現実への押しボタン　重い足をあげ落下していく　開いた扉の向こう非現実への空間

匿名性を口にした個人主義者が　今日も巷に溢れ返っている　名前を口にしないでと　暗黙の約束を破って表に出てしまった　今日一人歩きを始めた赤ん坊は　閉め忘れたドアから廊下に続く　未知への階段に向かって降りて行く　壁を伝いながらも一歩を捜し求めて　人差し指一本で明日に向かおうとしている　徘徊を繰り返す老人は掛け忘れた鍵を　胸に吊るして揺らしながら　鍵穴へ

と延びた隘路を足早に通りすぎる　過去の風景とないま
ぜになった躊躇いに　明日は来るのですかと何度も聞き
返す　もう行き先も見えてしまったラインの上で　待ち
構えることも見過ごすことも　私には容易にできると
キーをひとつ叩く　始まることも終わることも可能に
なったとき　あなたの顔はいま何才ですか

回転の行方

今日ひとつの命が尽きようとしている　もう狂おしく回り続けることもない　透明な球体の世界に取り残された小さな生き物　誰も想像さえしないだろう　僕がここで戦い続けていることを　水中を浮遊する力をなくした右に曲がった体で　この水槽の底にひとりしがみつき時々くるくるっと回って　生きている証を見せていることを　いつも慌しく僕の側にやって来て　時々僕を捉えては　悩ましげに溜息をつく二つの大きな目　隣の箱型の水槽には水藻が茂り　たくさんの仲間たちが互いに挨拶を交わし回遊している　あるとき二つの目が僕の世界にぶつかって　円形の水面が微かに揺れ　そして大きな目は電気のスイッチを入れた　可視できない音の波が僕のテリトリーのなかで　回転の早い独楽のように　渦を巻いて狂おしい波紋を産み続けた

回り続ける渦を見ながら　慌てた二つの目は嵐が起きたと　何も捉えることができない僕を見て　眉間に皺を寄せガラス面をとんとんと叩いた　僕は上を向いてしまった目を中心に回っている　何かに気がついた二つの目は電気を切った　やがて静かになった水面の向こう　僕を拒絶した光に照らされている世界　僕はそこで尾鰭を大きく振って泳いでいる　誇らしげに胸鰭でまっすぐ伸ばした背骨　曲がった背骨では自由に浮かびあがることもできない　一度ジャンプして水のない世界へ　僕がのたうち回っていると　大急ぎで駆けつけた二つの目は　僕をまたこの球体のなかに閉じこめた　水中を漂う水藻は僕の姿を隠してはくれない　白濁したお腹を曝して横たわり　尾鰭を振ることもできない僕を見て　干物になった夢でもみなさいと呟きながら　二つの目は僕を虚空へと放ってくれるだろうか

透明な部屋

透明絵具を何度塗り重ねても　この絵から生活臭は消えないようだ　処方箋はいつものとおり手書きでお願いしますと　贅肉という言葉さえ知らない女が　被写体から生活臭を消す薬を下さいと　ちょっとはにかんだ声で依頼した　透明なと枕詞がつくみず・水鏡に顔を映して背景はどこまでもみずいろの光と影　心を見破られないように　だまし絵で描いた女の肖像画　真っ白な空間に住んでいる女の部屋には　塗りかさねた絵具の色の数だけ秘密があった　窓から見える景色にも秘密があったそして自画像を描きつづける女にも秘密があった　どこまでが絵の中に閉じこめた現実で　どこからが身に上に起きた現実なのか　境目があやふやに水と筆で描き消されて塗り重ねられていく　自画像をだまし絵に変えて塗り始めた女は　透明なガラスに活けたただ一つの色彩花

の色について語り始めた　今日の色は明日の色を暗示している　枯れかけた花の色は横たわった女の横で　朽ちる瞬間を待っていると滑らかな口調で　花瓶から一つの色を抜きとった　もうどこにも色彩は存在しない　頭のなかは白と黒の墨絵の世界　目に見える世界は白く濁った世界　色彩の世界をと窓の外に目をやると　黄色いこどもの雨傘が通りを横切っていった　赤い車が角を曲がっていった　そしてこの部屋の住人が花柄のワンピースを着て　処方箋どおりに薬が効かないと嘆きながら混沌とした部屋のソファーに凭れて　何もない空間と何もない時間に思いはせている

だまし絵

コントンは一本の見知らぬ鉛筆を　遠い日に置きざりにした筆立てから　抜き取った瞬間に現れた　中程に抉られた傷のあるありふれた鉛筆　見知らぬ街の見知らぬ店の屋号が　ありえないことに刻み込まれている　透明絵具でコントンを描いてみよう　大混乱に満ちた絵を人の目に晒そうと企てた日から　緻密な計算と気の遠くなる作業を繰り返し　できあがった絵は既存の額には納まらない絵だった　彷徨い続けた意識はどこに向かっても開いていない　無意識に取りあげた鉛筆の芯の先から零れていく連続模様　ここかしこで繰りかえす錯覚を招く方程式　右と左が溶けて上と下が融けたコントン　不可視な微細なひびを集めて　創りあげた世界はありふれた日常のひとこまから　遠く離れた異境の景色のはずだった朝日に照らされた家々の窓の　どこかに隠れてしまった

コントン　穏やかに物体が眼のまえで変化して　初めて気づくコントンとした事のなりゆき　かつての日には七色の光を集めて　空に大きな弧を描いたに違いない鉛筆は　いまは繰り返し点と線を描くことで　もう抉られた跡はすっかり消え　屋号の文字も見えなくなっている刻み込まれていた見知らぬ街は削り滓といっしょに消え透明絵具で描いたあの街の景色は浮かんでも　時も場所もコントンとして　目前のこの街の景色に飲みこまれていく

滞った絵

ある美術館のとっつきの部屋に　ありふれた題を持つ二つの絵がやってきた　不思議なことに同じ言葉で表記された具象画と抽象画　正確な意味を理解してと入口近くの小さな絵は　けっしてはみ出すことのない鑑賞眼に訴えるように　朝の光のなかで一杯のコーヒーの色に関して　今日の出来ばえはと湯気の戦ぎまでも　一ミリ単位で留めようとダリの精密な筆づかいで　目の前の自身の姿はと語りはじめた　奥には壁一面を塞ぐ大きな絵　何事も包みこむ暖かな色使いで　一輪の花が風に乗って宇宙にまで届けと　自由な思考を自在な筆線に乗せて　そこにあるがままで居ることが美しいと　ミロの大胆さで世界を語りはじめた　二つの絵はお互いを目の片隅に感じて　直角に交わることのない世界を　この部屋のココとアソコで矜持していた

ある日新米の学芸員によって　同じ題の絵だ何か関連が

あるに違いないと　突きあたりの部屋に二つ並べて飾られた　二つの絵はもう互いの視線を感じることができない　開かれたドアと人が行き交う同じ風景を見ていた二つの絵は大きさの違いだろう　目に入るものがまったく違っていた　小さな絵の前では近づく顔が巨大に見えた　見開いた目が監視カメラのように　いつも子細に凝視していますと　ますます小さな絵は萎縮していく　大きな絵の前では人は笑顔で頷き合い　そうねあの形はコッケイね　あの線もはみ出しているわねと　穏やかな遠景を絵の前に描き加えていった　ある日この部屋から二つの絵が消えてしまった　向かい合わせに展示されることもなく　バックストックになった二つの絵

窓を開けに人がときどきやってくる　温度調節などないこの倉庫で　一人いることの意味はと大きな絵は　相変わらず抽象的なことで悩んでいる　小さな絵はその絵に寄りかかって　窓から聞こえてくる喧騒を具体的に数え始める　二つの絵の思考回路からは遠いところにあるどこにでもあるありふれた無題という二つの絵

屋根の上の鷺

今朝完璧な一幅の絵のなかで　不思議に残月と調和して存在する鷺　初めて君の存在に気づいた朝　驚きと同時に何故と問いかけた　いつも廃屋の屋根の上で遠くを見ている君を　風見鶏ならぬ風見鷺と呼ぼう　風見鶏は風を感じて鶏冠を左右に動かし風を測っている　君は何を探して時々嘴で突いているの　長い首が孤高ということを知ってますと　朝焼けで色ずく雲に挨拶をしていると　き　廃屋の側のクリークでは二羽の白鷺が　互いに身を寄せ合っている　君の羽が灰色の雲に同化している朝　この海へと続く道を横切って走る電線の上で　白鷺の細い二本の足が見え隠れする　いつか君がクリークの上を飛翔する姿を見た　羽ばたきの音がいまも耳に届いている　君が渡り外れた一羽の鷺だと気づくまでは　絵本のなか洋館の屋根の隅に立つ風見鶏と重ねて　風はどっち

に吹いているのと眺めていた　散歩の途中わずかに君を見つめる場所を換えただけで　完璧な構図の絵は消えてしまった　月はどこかに隠れてしまい　一本足になった君は屋根の上で嘴を差しだし　帰るべき北の空を見つめている　いつか月の影を追って優雅に飛翔する　君にまた逢うことにしよう

方形の一日

昼顔の淡いピンクを朝日のなかで見た日から　朝日と夕陽の区別がつかなくなった　太陽が真上から照りつけている間　四角に切り取られた部屋に棲息する　低体温の女の部屋の窓ガラスは　斜線だけが目立つ菱形の複眼に覆われて　それぞれの枡目に女の一日が映っている　ある日右端のひとこまに映った女が後ろ向きになった　後姿の女は旅立つ用意をして　朝焼けのなかで蓮の花が咲いたと交わした会話に向かって歩きはじめた　斜線を辿って左下のひとこまに映った女の姿は　夕陽に晒されて線香花火となった浜木綿の花びらを　萎れてしまった私のようだと嘆いてみせる　ちょうど真ん中にあるひとこまに映る女の姿は　一重の花びらのコスモスの顔をして惰眠を貪っている　どのひとこまを切り取っても女の本当の姿は見えない

今日変わり種のコスモスが咲いて　窓の向こう一面が八重のコスモス畑になった　咲いてみないとどんな花か判らないという答えが　麦わら帽子の女の顔に秋の気配を見せ　秋を待たずにもずくと化したコスモスの枯葉　コスモスの花びらはありえない形と色で　乾いた夏に揺れ窓ガラスに現れたひとこまの影　交互に行き交う朝焼けと夕焼けの雲　朝水路を覆う菱形の緑の塊　菱の葉が重なりあい方形が歪んで　網の目のように水面を覆い尽くし　窓枠のなかに棲息しているはずの女の影が水面に現れる　日課の朝と夕との散歩のなかで　目に入る物すべてを方形の現実として　目の前のひとこまに取り込もうと　振り向けば夕景がサイダー色になった　今朝も窓ガラスに女は顔を近づけて　何も起こりえない一日の始まりと覗く　傾いた方形の一つに映る花はワレモコウ

ワレモコウ

この海に続く田舎道の傾斜のなかに　見知らぬ実をつけ
て無残に立ち枯れた塊　かぼそい茎の先に微かな思いを
込めて　夏草のなかで自己主張している姿がなぜか気に
なって　可憐な花か実か知らずに指で摘んでみる　その
暗い紅紫色のちいさな塊が　手のひらのうえを転がり落
ちていく先は夏色の草むら　季節外れのコスモスが咲く
この道を　散歩する人に尋ねてみる　これはなんの実で
すかと　ワレモコウと言う言葉だけが返ってきた　その
花を見たことがなかったワレモコウ　言葉だけがいつの
間にか脳裏にあって　我亦紅という恋しくて壊れていく
色をもつ　この植物だとは気づかなかった　遠い日に白
黒の植物図鑑で姿を心に刻んだ　その密やかな花の枯草
だと気づいたとたん　季節は秋に変わっていた

春に衆人監視のなか人目を避けるように　活けられたワレモコウの花　表示書きに我亦紅という文字　横にいる女たちの会話にその言葉は聞けない　独りここにワレモコウと見る水盤のなか　花の咲く季節は何時なのだろうと　アレンジされた花々を覗いてみる　過ぎ去った季節と未だ見ぬ季節が混在し　本当の季節がそこにはなかった　小さな塊のワレモコウは咲くときを知らず　矮小化されて散るときを忘れ　飾られた場所のここあそこで悲鳴をあげている　この部屋でワレモコウを見てまわる私に　季節を戻していま咲くときを探していますと　水盤の隅からひっそりと語りかける　秋に野性の伸びたワレモコウが咲く　あの野辺をもう一度歩きたい

落ちてきたものの価値

肌寒い春のある日ウィードは落ちてきた　Aという記憶を飲み込んだ小さな塊のウィード　Bという記憶を刷り込まれたウィードも合わせてやってきた　どこか都合のいい映像だけをメモリーに入れて　タンポポの綿毛がどこかに飛んでいくような　田舎のプラットホームに佇む女の後姿を追うような　あやふやな記憶を芯に隠して雑草の生い茂った庭にやってきた　草取りの手を止めて紙の上にしか留めることができない　六角形の鉛筆で書いた記憶　Aという記憶を持つウィードは　忘れてしまった記憶を繋ぎあわせ　いつのまにか丸い鉛筆で書いた記憶に変えていく　この春確かに黄色い花が咲き乱れ　表面に黄色い花粉をつけたウィードが　手のひらから滑り落ち　なぐり書きした紙面に彩りを添えて大きくなっていった

生い茂った夏草の尖った葉に阻まれ　Bという記憶を持つウィードは転がることができない　鋭角に刻み込まれていく未来の出来事が　庭先の乾いた地面に跳ね返され途方にくれている　凝縮した夏にひび割れ白茶けたうろこ雲　夏枯れの草のうえで青く留まり続ける出来事　日焼けした手からは零れない水滴　思い出に変わるまで雨垂れを待ちつづけ　ウィードはその存在を示す方法も思いつかないまま　この庭で異物として扱われる小石のように　日焼けした手にポンと投げ捨てられた　春の日朝霧のように落ちてきたふたつのウィード　過ぎゆく季節を感じてこの庭で風に転がっている　内部に大きな空洞を隠したウィードと　青い刺のうえで自ら凝縮していくウィード

枯葉色に染まったふたつのウィードの横で　今朝ホトトギスの固い蕾が一輪ほどけた　ここは失った季節を懐かしみ　年老いた手が造りあげた人工の庭　黄色いウィー

ドが春を惜しみ　青いウィードが夏を悲しませ　変色を繰り返し冬をこの庭に連れてきた　ふたつのウィードが転がっていく先は白い世界　転がって生命を拒む真っ白な雪まろげ　この庭で時々の風に転がされているウィードを　女の手が雪だるまにしてしまった　Aという過去の記憶とBという未来の記憶がないまぜになり　この庭で冬という変換不可能な現在で固まったウィード

花の人

削ぎ落として削ぎ落として　あばら家の座敷の奥　床の間で地球儀が回っている　老女は庭先のほととぎすを一握り　雨の予感がする雲の流れを見ながら切った　仏壇に供えようか　やがて枯れ落ちる花のために　背の高い花器を用意して　床の間に密かに居場所を与えよう　雨上がりの夜明け　流れゆく雲が途切れ光が眩しく反射する　秋のぬけるような青い空はいつになく回っている　老女の曲がった指先が握りしめた花ばさみ　ほととぎすは香らない　座敷の淀んだ空気を感じながら　僅かな造形だけで荒れた庭の面影を残し　床の間に地球を移しとった老女　花が一つ萎れ落ちる瞬間を　眼にする人は誰もいない

継ぎ足して継ぎ足して　病院の地下に安置され　回転を止めた宇宙衛星　若い男は都会の総合病院を訪れ　バラ

とランを処方してもらい買いに行った　ディスプレーに現れた森は　重なりあった緑を意図的に分断しては構築し　所々に忍冬のアームも延びて宇宙船になった　赤いバラは心臓部で見栄をはり　紫のバラは足元で接岸したロケットのように並んでいる　ランは華やかさを削ぎ落とし息を潜め枯れかけている　若い男は宇宙を再現するために花鋏を研ぎ　何もない空間を満たす幻の花を作り始める　自ら造りあげた疑似宇宙で停止画面となった衛星　巨大になりすぎた宇宙船を修復するために　若い男は新しい花束を抱えて　地下へと下りていく

形作られ一瞬を捉え生きるオブジェ　有機物である花が失われて無機物へ　水を張る場所も与えられずに　明日を待つ心も萎え枯れていくひまわり　近づく人の視線を外して赤く俯く季節外れのきりしま　今日病んだ人で埋め尽くされた病院で　極楽鳥を処方してもらい　自らの欲望を切り取っていく花の人

クモの巣

白いレース糸を売りに小さなクモたちが　女の部屋の窓辺にやって来た　毎晩女はこの部屋で刹那を編んで時を過ごす　遠くからやって来たクモたちは　刹那より細い糸で窓一面に　勝手にそれぞれの幻術を施して　不揃いなクモの巣を作っていく　大きな円を描いて横に小さな楕円　隙間だらけの等間隔とは言えない円形　放射線状に白く微細な網の渦　初めに右隅の一角をクモの巣が覆った　遅れてやって来たクモが　ガラス面に反射して見えなくなる糸を　消えていく消えていくと言いながら吐き出しつづける

女がカギ針で鎖目をひとつ作ると　この部屋にある虚無がひとつ鎖の輪のなかに閉じ込められ　女が意図した図案とはかけ離れた　クモの巣状に編み込まれた時間が増えていく　計測可能な時を折り込んだレース模様で

テーブルの上を棚の上を飾りつけていると　女の回りには過去が細編みとなって積み重なり　現在を編むカギ針が掌からすり抜けて　開け放した窓から入り込んだ　クモの白い糸が勝手に編みこまれた　女の掌の上に見えないクモの糸で編んだ　幾つものクモの巣状の隙間だらけの時間が増えていく

クモは女の意識下の欲望をからめ捕り　虫の死骸と一緒に窓枠の上に転がしている　無数の獲物のひとつが自分自身だと気づいた女は　存在の見えないクモの糸を自ら吐き出しながら　レース模様に今を編み込む　時々銀色に光るクモの糸を交差させながら　部屋中にないまぜになった虚構と現実　部屋中が妄想という現実にに満たされたとき　ガラスの向こうのクモが消えていた　女は残された時の長さだけの　レース糸を手に入れ新しいクモの巣を作るため　手を止めて糸を探しに窓辺にクモの姿を探しに行く

シボの作り方

女の手はカタン糸で布を絞っていく　小さな丸い自意識を繰り返し作るために　過剰に反応していく意識を鹿子絞りに閉じ込めるために　いつのころからか絞って染めあげ解いた糸が気になりだした　この糸は空虚を白抜きで布に写していると　括られて染まっていく花模様　初めてハガキ大の布に青花で描いた下絵は　何か意味を持っていたのだろうか　まだシボが数えるほどの重さしかなく　布の表面に現れた脆弱で不揃いな模様　なにげなく撫でることで生じる違和感　自分から離れたところにある想いを埋めるために　糸を切らずに絞っていくハンカチ大の疋田絞り　どこで想いの糸を切ってしまったのだろう　シボが四角形になるように染めて　等間隔に連なるはずの日常にできた裂け目　女には説明のつかないシボを持つ　掌や顔を拭くことができないハンカチ

方形の今をどこに置きざりにしたのだろう　昨日と同じように括ることで現れた　謎だらけで歪んで積み重なった白い過去　女は絞る方法を考えあぐね　布につまみ縫いで針目を刺していく　想いをこめて糸を縫い糸の端を引き締めて　染めあげていくテーブルクロス　辛うじて不確かなシボのうえに止まっている　女を写した不揃いの写真たて　明日壁に掛けるタペストリーを作ろう　糸を堅く巻きあげてシボと言うには大きすぎる　昨日までの自分を飲みこむ丸を　白抜きで虚空を思わせる丸をきっと出来あがった丸は紺色に縁取りされて　等身大の女を異次元に誘う　そんな広がりを持つタペストリーは部屋を占領し　日常をちょっと飲み込んでくれる

窓に掛かる不安

遮光ガラス越しの景色は心地よかった　この窓辺のいつも の椅子に座り　ただぼんやりと山の稜線を眺め　数を数えながら行き来する車を目で追う　そんな日常のなかでふと目を止める対象が通りすぎる　行かないでと呟きながら　今日も小さきものの姿を目で追って　曖昧に生きることの意味はと　不透明なガラス越しに投げかけてみる　この薄茶色で覆われた景色には何の意味もないあるのはただ通りすぎる車の数が重なっていくだけ　光を遮ってしまったこの空間に響く　おはようの言葉にも有難うの言葉にも重さはなく　心地よかったのは目に映る鳥の羽ばたきの音だけ

透明な光がブラインドを揺らす　今日初めて気がついた虚構のなかにいるのだと　開け放たれた窓の隙間から見

える空の色は青かった　光にノスタルジアがあるとすれば今から探しに行こう　頬にかかる嵐の前の風が行き先を教えてくれるはず　光の存在を消してしまったココロが　この部屋に生きる意味を認めない　何かを探しあぐねて誰かを追い求めて　いまある自分を留まらせている何かが　窓の向こうにあると思わせる光の色　両端に今を手繰り寄せたブラインドが　気がつけば音もなく締まりかけている　日の名残のなかで窓辺の木の葉もまた揺れている

今日も一日が終わったと静かに立ちあがり　自然光から遠く離れた窓ガラスの闇に映る　自分の顔の前で思わず立ちどまる　背後で現実も真実も絶え間なく照らしている人工の光　非日常を感じる瞬間の私のデスマスク

ノスタルジア

女は心を持ち歩く習慣を失っていた　忍ばせた手鏡はいつも手探りで　何処にあるのか探しているのに　いつも暗がりに迷いこんで　扉を開けるときは決まっていつもの部屋の　いつものノブしか見つけられない　クスダマがひとつ下がっている部屋に　願いの言葉も消え去った真っ赤な短冊　文字など初めからなかったのかも知れない　誰かがクスダマを割ったのだろう　短冊が悩ましげに揺れている　女が棲む西向きの部屋では　何もかもが色あせて女もいつのまにか影に　いまはもう色あせてしまったクスダマ　開かずの窓に夕陽が落ちかかる一瞬女の手が大事そうに抱えこんだ　脱殻としてあり続ける金色に輝く空洞になったクスダマ　女は飾る部屋を探して迷路を彷徨う　暗がりのなか今日が何時なのかも忘れた　記憶のなかで積み重なっていくクスダマの数　掌の

分だけ開いた扉から押し寄せる　名前を失くしたものたちの声　あの日記憶に留めた映像　草原のピロスマニの一軒家　曲がりくねった一本の轍に沿って　立つノスタルジアの一本の樹　どこかで女を呼ぶ声がする　いつもの扉のノブを見つけらない　クスダマの紐は今も頭上で揺れているだろうか　今日は涙を流すことがなかったと開けることができない扉の前で女は手鏡を覗く

狂い咲きの会話

ある日女の頭のなかに疑問符が芽をだした　突然現れた
子葉に単純にイエスかノーかで即答できない　現実と注
意書きのある心証風景　夢なのにどこかが欠落している
と分かる不思議な夢　答えをだすために必要な物は何だ
ろうと探し物をする　薄っすらと埃がしている記憶のな
か　そこにも二者択一を迫る疑問符を持つ女がいた　双
葉が芽をだした瞬間　なにも答えを期待できない疑問符
ばかりで　女の頭のなかは何が何んだか分からない　言
葉遊びを始めましょうと　二人の間に会話が始まった主
題は何にしましょうか　芽を出したばかりの双葉がたよ
りげに　互いのテリトリィーの外側にある　イエスか
ノーかで認識できる事柄へと伸びていく　五つ葉の頃に
は女たちの脳裏に取り残された　なぜか一つだけ仲間外
れの言葉　枝分かれをする頃にはかみ合わなくなる言葉

の数　乖離していく会話を繋ぎと止めるため　浮かびあがる幻の花を咲かせる方法　知っていますかと質問を繰りかえすうちに　部屋に飾る花が大きな意味をもち始める　鮮やかな花が好きな人と野の花が好きな人　ひとひらの花びらが落ちていく先が　土の上なのかテーブルの上なのかで違ってくる花のある風景　山茶花の紅色の花びらが庭で晩秋を賑わし　桜の花びらが公園の片隅で薄紅色で春を惜しむ　記憶のなかの女はバラの花をひとつ摘んで　バラは枯れたと躊躇わずに捨てて　床に落ちた花びらに目をやることもなく花を買いに行った　枯れかけた花も花と眺めている女は　庭に咲いた小菊を活けた花瓶の水を換え　本当の花は咲くときを知っていると床に散った黄色い花粉に目を落とす　あの時はと疑問符を投げかけて　二人の女の会話に咲く幻の花　記憶のなかの女に早咲きの椿を一輪送ってみる　女の頭のなかで季節外れの枯れることのない花が　一輪鮮やかに咲いている

雨に濡れて

雨は嫌いですかと掌に雨粒が落ちてくる　今日の雨はと
口ごもり黄色い傘を差そうとした　どこか境目のない所
から落ちてくる透明な球体　空を見上げて女は傘をたた
む　雨が好きだった女の原風景　かぼそい雨はいつも女
をその入口まで連れていく　縁側に佇む小さな女の子に
雨は　日常と少し違った風情を見せ庭先に落ちてきた
木の葉を揺らし庭の土に弾かれる雨　今日は外で遊べな
い　軒先から落ちてくるもの　確かにそこには秘密めい
たものがあった　触れることができない幻想庭の向こう
川面を叩く雨音と眼前の雨垂れが　微かに冷たい現実を
運んできた　不安げに誰もいない座敷を振り返る　雨は
女の子の内側でいつも降っていた　雨の日には夕暮れの
庭を雨が消えるまで　女の子はいつも眺めていた

雨には浄化作用があると思いこんで　だんだん強くなる

雨に打たれて歩く　心に触れ涙を流してくれる雨を　女は記憶のなかに何度閉じ込めただろう　赤い傘を差した少女の視界を遮って雨が流れていく　目の前で稲穂が水に溺れている　長靴のなかで少女の足が泳いでいる　むきだしの雨音は少女のうえに降りしきり　通りすぎる人影もない畦道　すべてを覆い尽くして茶色に染まった風景　今日もテレビから溢れだすあの時と同じ響き　それでも通りすぎた時間が懐かしく　雨が嫌いな理由を見つけられない　雨上がり窓ガラス越しに見る倒れてしまったグラジオラス　あの時少女は何も見ていなかった　ただ赤い傘の柄を握りしめて　土砂降りの雨のなかひとり震えていた

黄色い傘を差すことはしない　雨は一瞬だけ女に冷たさを思いださせ　人影も疎らなアスファルトのうえに落ちていく　駆け足で通りすぎる少女たちの後姿に　現代人は雨が嫌いと呟き　女は傘を振りながら見送った

横断歩道を渡って

猫が優雅に横断歩道を渡っていく　そのとき車のフロントガラスは　額縁で切りとられた一枚の絵になった　アラベスク模様を胴体に纏って　ほんの数秒絵が完成するまでの間　長いシッポをひけらかして歩いていく　ハンドルに顔を近づけて猫に見入る　視線の先は田舎道とは言えない住宅街　どこの家から現れたのだろう　この薄茶色の唐草模様はと　街路樹の緑に視線を遊ばせていると　横断歩道の白線の上で猫は立ち止まり　突然後ろを振り返った　その顔は部屋にあるカレンダーの猫と同じ眼をして　一瞬の自己主張を見せて通りすぎる　車を発進させながら横目で追っていく　歩道を変わらずにシッポを立て歩く猫の姿　ノラ猫が車道を横切る瞬間とは違うなと思いながら　猫が一軒の家に消えていくのを見守る　その家の窓辺でいつものように優雅な姿で　一枚の

絵になった猫は　横断歩道を渡る人を車を向こうから覗くのだろう

長い長い横断歩道を横切る夢を見る　赤に変わった信号を気にしながら　横断歩道を通りすぎる老女の姿を見た夜に　一瞬で交差点のゼブラ模様が　乗り越えられない波のように押しよせる　サーファーのようにバランスをとって　前かがみのスタンスで歩いても　この波は足元で高くうねって　渡りきれないと嘆く明日の私の姿に重なる　急がないでと声をかけて　狭くなった歩幅のままでは　押し寄せてくる人の波に抵抗できない　横断歩道の向こうのビルに映しだされた近未来都市の映像が　重力に逆らって軽々と老女を私を　ここから目的地へと移動する方法を　いつかの日にか見いだしますと語りかける　赤に変わりそうな青信号の前で留まって　目の前を駆け足で通りすぎる人の波を見すごす　いま急発進した車はもう自動運転の機能があるのかしらと　夢のなか近未来の映像のなかで呟いている

切り取られた月

この路地の黄色い点滅信号の向こうで光る月を　君は上弦の月と教えてくれた　あえて重い百科辞典で上弦の月と下弦の月を調べてみる　辞典を買った時点から止まってしまった思考が　その行間にあるような気がして　知りたいことをキーを叩いて　検索することで知る今日的な答えは必要ないのだからと　呟きながら真夜中に下弦の月を探す　青い空の下でも暗い夜の闇の中でも　散歩の途中で空を眺める習慣を取り戻して　この広場で見上げる空はその日の気分次第で蒼かったり　ビルの上の雲は風に流されていたり　足早に通り過ぎる行人の嘲笑の声が聞こえそうで　歩きながら視線を戻す　この通りのこの場所で立ち止まって見る夜空に　今日は君が言っていた弓の弦が上向きの月が二重に出ている　乏しい視力では光る星は遙か彼方の出来事で　人工的な光が東から

やって来て赤くきらめかせて西の空に去っていく　三日月の意味と明月の意味を感覚的に捕らえて　ものの美しさを心情的に捕らえる民族の一員である私は　月の異名をいくつ知っているだろう　初霜月が遠のいて雪待月もやがて過ぎ　春待月に懸かろうとする今日　見上げれば上天に半月が左を向いて拗ねている　きっとまだ明るく雲の影もない空に　一人だけで居ることの意味を問いながら　君にこの月の名前を聞くことができたらと　あえて重い辞典を捲りに歩きはじめる　アポロ14号から見た三日月の地球の写真　下弦の地球は暗闇の中で冷たく冴えている　今も地球は蒼く居るだろうか　いまこの瞬間に上弦の半月が銀色に光っているように　動画で確かめる方法は知っている　あえて不確かな君の記憶のなかの月や地球の姿が聞きたい

太陽と月と

夏の終わりのひとときの輝き　変わりゆく雲の色を追ってどこまで行こう　電線にがんじがらめに縛られた思い出　ビルの端に赤く顔をかくして照れている夕陽　記憶の曖昧さと言ってしまえば終わることでも　有限の始まりと茜雲に囲まれた　太陽の存在を脅かしているものは永遠の光と信じて電気を信奉する鳥が　カアカアと電柱のうえで鳴いていること　羽音さえもパタパタと影絵となって　道幅いっぱいに空を横切って行く烏　雲の流れに現れては消えゆく残照　西方浄土を目指した今日のこの太陽と　記憶の中に幾度心に留めただろう　この西に向かう道のむこうに　手を延ばすと届きそうなやがて消えていく赤い影には何が似合うだろう

今デジタル時計が一秒を刻んだ　秋の始まりに見た月の

影　欠けていく一秒に追いつくことは　丸く描き連ねた
記憶の曖昧な月の絵　いつか見た絵の中で口許だけ笑っ
ている女の顔　冷たい月と重なってパタパタと捲れてい
き　また一秒が不都合にも刻まれていく　窓の下を通り
すぎていく車の流れ　目で捉えることができる時間の流
れ　残月の姿を見逃すまいと断ち切れない思いで　黄泉
帰りの儀式として　目線を挙げてもう一度現れると女が
探す雲に隠れた月影　闇の向こう窓ガラスに映るあの光
は　夜を恐れる人間が浮かびあがらせ増幅した光　デジ
タル時計は見飽きたと消し去ってはくれない

いつもの道で薄暮に身を委ね　太陽と月の間で交わされ
た約束ごとを　次はいつ見れるのかなと　今日もマジッ
クアワーのひとときを　烏の群れと一緒に見ている　記
憶のなかで無防備に寝ている太陽　暗く薄れて遠のいて
いくあの日の茜空　耳の奥でデジタル時計が音をたてて
また崩れていくと刻む今という観念のひとこま

回回としてタイム　I

時計を差しだしている痩せた手　人差し指がそっと円を描いて時計のガラス面を慈しんだ　色褪せたベルトが過去を置き去りにはできないと　両側から楕円の窓を支えている　この時計の電池を換えてくださいと　かぼそい声で依頼する老婦人は　先週もこの時計店に時計を持ちこんだ　金属のベルトがついた小さな日付の窓をもった時計　二色だった金属の色は錆色に変色して　婦人の手首からだらっと時を盗んでいった　婦人は何時からか一日という概念を時計から奪われ　日付の窓は今日という日を分からないようにするため　狂った数字で嘆き続けている　日付の機能は修理できませんよと店員の冷めた声　それでも電池を換えてくださいと切望する声　ベルトの留金が外れたまま時計は　婦人の手首で空回りしながら時を刻んでいく

幾つもの時計を動かそうとする老婦人　いままで愛用し

ていた時計はどこかで眠っている　長い間止まったままの秒針はいつ動き始めるのだろう　次の電池交換の日はやってくるのだろうか　初めて買った時計はネジを巻くと時を作ってくれた　小さな四角い時計の微かに突起したネジを毎朝宝物のように扱い　見知らぬ言葉を聞くように耳にあてて確かめていた　今日という一日を使い果たしていくゼンマイの音　いま時間を合わせることもなくネジを巻いてみる　確かに秒針の音は微かに耳の奥に届いている　一日だけあの頃に戻してと囁き手首に巻いても　この時計はもう老婦人の手にはそぐわない　幾つもの時計を動かしても時は戻らない　老婦人の時を置き去りにしていく時計の数　老婦人は今日も電池を換えてくださいと　時計店の扉を開けた

残されたなけなしの今を刻む時計は　いま時計店の修理台のうえで　分解されてしまった　老婦人の手首からは永遠に時計は外され　どの時に戻りたいのかと　問いかけながら時計屋は　時計のなかに老婦人の時を閉じこめてしまう

回回としてタイム　Ⅱ

靴下をはいた時計が長い廊下を歩いていく　この家には
いくつ部屋があるのだろう　振り子の動きにあわせ交互
に足をだし　黄変した壁を大人の目線の高さで　今日の
行き先はと躊躇いながら歩いていく　突然部屋に引き込
まれてしまった　よくあることだ　この部屋の主はいつ
も喧しいボンボン時計だ　私だけが時を刻んでますと
家中に時を構わず鳴り響かせている　ときには家族が集
まる居間の柱に釘付けされ　土間の竈から立ちこめるご
飯の匂いに酔って　少しずつ時を勘定することを間違え
る　でも誰も文句を言わない　この部屋では時が曖昧に
過ぎていく　古びた田舎屋のこの部屋で　赤と黒の靴下
をはいた時計は　遊び心で時をゆっくりとストライプ模
様に変えていく

はみ出してしまった時を履きかえて　水玉模様の靴下で
昨日通りすぎた廊下を歩いていく　風景画の一つも飾ら
れてないこの空間に　鳥の鳴き声がする　きっとこの扉
のむこうは子供部屋で　鳩が巣箱から顔を覗かせている
に違いない　鳩時計も玩具も子供さえもどこにも見あた
らない　庭にある大きな緑の木だけが　この部屋の囀り
を聞いている　壁に掛かった時計に生息している　かさ
さぎ不如帰ひよどり百舌せきれい鶯　それぞれの鳥がそ
れぞれの時を独唱する　この部屋の積み上げられた本に
吸い込まれていく鳴き声　脱ぎ捨てられ散乱した靴下の
数　鳥色の水玉も書棚の方へ斜めに転がって　この部屋
は時間もぞれぞれの生き方をしている

ストライプ模様も水玉模様の靴下も脱ぎ捨てて　裸の足
で歩きだした時計　七色に塗ったペディキュアで一歩踏
みだす　移ろう瞬間にネジを巻き忘れることを恐れ　剥
きだしの数字のうえを歩く闖入者　残された足跡は瞬間

に消えてしまい　七色に光ってカレンダーの上を駆けていく　すきま風さえ入りこめないこの部屋で　ただ一つ揺らいでいる目に見える秒針の音　デジタル時計は鏡のなかで虚ろに時を刻み　時計はいつのまにか足を失ってしまった　秒針の音を逆に数えることで足早に去っていく今　廊下の暗がりから覗き見たあの部屋で　靴下をはいた振り子時計は　いまはどの時空のなかで勝手な音をたてて　時間を告げているのだろう

坩堝は突然やってくる

パフォーマーが文字の海に投げ込まれた　彼はどこに向かって泳ぎ始めるのだろう　見渡す限り規則正しく並んだ　ドットと思えるカタカナが浮かぶ海　クロールで言葉の連なりをかき分けて泳ぐ　その直線上に現れたチチキトクスグカエレ　過去のどこかではありふれた光景　カタカナの海は冷やかでいつも荒磯の向こうに　ココロカラオクヤミモウシアゲマス　涙の海に浮かぶ言葉がいま金属音を従えて流れていく　決まり文句は密やかに紙のうえに綴られ　パフォーマーの耳元を波となって流れていく　目の前で鐘と銅鑼の音が響いている　カタカナの海が用紙一枚の重さで　パフォーマーの手元に残された

ひらがなの海をゆったり泳ぐパフォーマーの耳に　おめ

でとうという言葉が届く　年が明けたといってはいっせいに交わされる　仮名文字で書いたおめでとう　新しい命が生まれたときにも　ひとつ年を取ったといってはいくつものおめでとうが漂う水面　パフォーマーはながむしのように身を踊らせながら　大きな仮名と小さな仮名の間をかき分け泳いでいく　時々文字が交差して節目節目に落とされた　おめでとうと素直には読めない句読点　いつのまにかパフォーマーは平泳ぎで　新しい門出に届いたカードに　おめでとうと書き込まれた言葉を蛙足で蹴散らせてしまった

サンズイの漢字を集めた海を　パフォーマーは垂直に潜っていく　一つ一つ画数が増えるたびに　長くなっていく素潜りの距離　深くどこまでも追っていくと　海を集めた漢字の渦巻きのなかに飲みこまれた　自分の名前には確かに海に関する文字がある　その漢字を手に入れようと腕を伸ばすと　コロモヘンの漢字を探している女

に出会った　この海には同じ形を持つ文字が交差して
それぞれ何かしらの起源を持ち　混沌とした意味を持つ
記号として　分厚い辞書のなかに在り続ける　パフォー
マーは指でページを捲り続け　視界が届く限り自分の起
源を探して　渦に向かって潜っていく　今を感じる文字
を手にいれるために

漢字の海に飽きたパフォーマーが　アルファベットの漂
う海を滑っていく　潜ることも泳ぐこともできず　文字
に拒絶されたパフォーマーは　見知らぬ文字が波となっ
て押し寄せてくる海を　地球を一回りするほどの広がり
があると　理解不可能な文字の羅列に　書くことも読む
こともできない　それでも何処か遠くへという思いが
アルファベットの海へと向かわせる　子供のように足を
ばたつかせ　真新しいアルファベットの繋がりにいつも
裏切られて滑っていく海は　夏の海ではないむしろ冬の
海　浮輪の助けも時には必要と　人魚たちが甘い発音で吐
く音が泡になり　溺れかけているパフォーマーに届く　泡

の中身は海の向こう未知への憧れ　見覚えのない言葉の
綴りのなか　いくつものアルファベットで賑わう浜辺
今は漂っているだけの　RとLがBとVがない混ぜに
なった海

山本美重子（やまもと　みえこ）

詩誌『GAGA』同人

詩集　坩堝《るつぼ》は突然《とつぜん》やってくる

2019年7月1日発行

著　者　山本美重子

発行者　田村志朗

発行所　株式会社梓書院

〒812-0044　福岡市博多区千代3-2-1　麻生ハウス
電話 092-643-7075/FAX 092-643-7095

印刷／青雲印刷

ISBN978-4-87035-650-4